Die drei ???

Weihnachtsrätselbuch

Kurzratekrimi von Ulf Blank

KOSMOS

Tannenbaumdiebe

Jetzt waren es nur noch wenige Tage bis Weihnachten. Auch im Haus der Familie Jonas ging es hoch her. »Wie soll ich das nur alles bis Heiligabend schaffen?«, rief Tante Mathilda aufgeregt und holte einen frisch gebackenen Kirschkuchen aus dem Ofen. Justus Jonas stieg der verführerische Duft in die Nase. »Um den Kirschkuchen kümmere ich mich«, grinste er hungrig. Der leckere Kirschkuchen von Tante Mathilda war in ganz Rocky Beach bekannt. Und immer zu Weihnachten schmeckte er leicht nach Zimt. Justus nahm sich zufrieden ein großes Stück und setzte sich damit an den Küchentisch.

In diesem Moment kam Onkel Titus in die Küche gelaufen. »Unfassbar!«, keuchte er und hatte einen hochroten Kopf. »Man hat uns beklaut.«

Justus ließ vor Schreck seine Kuchengabel fallen.

»Beklaut? Bei uns waren Diebe?« Auch Tante Mathilda sah ihren Mann mit großen Augen an. »Nun sag schon. Was ist passiert?« Onkel Titus deutete durchs

Fenster auf den Schrottplatz. »Ihr wisst doch, dass ich dieses Jahr hier Weihnachtsbäume verkaufe.« Justus blickte auch hinaus. »Klar, der ganze Schrottplatz steht voll mit den Tannen.« Dann verbesserte er sich schnell. »Ich meine natürlich deinen Wertstoffhandel.« Sein Onkel mochte es nicht, wenn man zu seinen alten Waschmaschinen, rostigen Werkzeugen und ausgebauten Autoteilen einfach nur Schrott sagte. Für ihn waren das alles Wertstoffe, die noch für irgendetwas zu gebrauchen sind.

Doch diesmal standen zwischen den Wertstoffen dicht an dicht aufgereiht die schönsten Weihnachtsbäume.

Onkel Titus raufte sich die Haare. »Und heute Nacht hat man mir die allerschönste Tanne einfach geklaut.« Mittlerweile trafen auch Peter und Bob ein. Sie hatten sich für diesen

Morgen bei ihrem Freund verabredet. Als Bob Andrews von dem Diebstahl hörte, betrachtete er verwundert die vielen Tannen. »Und warum sind Sie sich so sicher, dass eine fehlt?«

Onkel Titus zog eine Liste aus seiner Hosentasche. »Weil alle Tannen einen Nummernzettel tragen. Das macht Jack Benson immer so. Er ist der Förster in den Magic Mountains. Bei ihm habe ich die Bäume für viel Geld gekauft. Durch die Nummern weiß man, dass es auch wirklich eine gesunde Tanne aus unserer Region ist. Den wunderschönen Weihnachtsbaum hatte ich gleich vorn am Eingangstor aufgestellt. Ich habe natürlich alles kontrolliert: Es ist die Nummer 80689, die fehlt.«

Peter Shaw hatte sich inzwischen ein Stück Kirschkuchen genommen und schob sich wütend eine Gabel voll in den Mund. »Wirklich gemein. Und das so kurz vor Weihnachten. Diese Diebe schrecken vor nichts zurück.« Auch Tante Mathilda war fassungslos. »Das müssen ganz böse Menschen sein. Wie kann man sich nur über einen geklauten Tannenbaum am Heiligen Abend freuen?« Entschlossen stand Justus jetzt auf. »Wir werden uns um den Fall kümmern. Einen großen Weihnachtsbaum kann man immerhin nicht so leicht verstecken wie eine kleine geklaute Brieftasche. Los, Freunde! Wir werden uns in Rocky Beach einmal umsehen.«

Wenig später trafen die drei ??? auf ihren Rädern in Rocky Beach ein. In der kleinen Stadt am Pazifischen Ozean war alles festlich geschmückt, und die vielen Buden auf dem Weihnachtsmarkt hatten schon auf. Neben dem Brunnen stand ein altes Karussell und drehte sich zu Orgelmusik.

Überall roch es nach gebrannten Mandeln, Schmalzgebäck und Vanillekipferln. Justus musste sich konzentrieren, um weiterhin an den Fall zu denken. Peter sah sich um. »Hier auf dem Weihnachtsmarkt stehen hunderte Tannen. Da findet man eher eine Nudel im Heuschuppen.« Bob musste lachen. »Peter, das heißt: eine Nadel im Heuhaufen. Aber du hast recht. Jede dieser Tannen könnte die geklaute sein.« Justus knetete mit Daumen und Zeigefinger seine Unterlippe. Das tat er immer, wenn er scharf nachdachte. »Diese Tannen sind aber alle recht klein und dünn gewachsen. Onkel Titus sprach von einem wunderschönen, großen Weihnachtsbaum. Wir müssen die Augen offen halten und uns in der Stadt umsehen. Los, machen wir uns an die Detektivarbeit!«

Auch vor dem Polizeirevier stand eine geschmückte Tanne. Bob betrachtete den Baum. »Ich kann mir nicht vorstellen, dass Kommissar Reynolds sich einen geklauten Weihnachtsbaum vor den Eingang stellt.« Peter schüttelte den Kopf. »Niemals. Außerdem steht der Baum schon seit Nikolaus hier. Die Nadeln fallen fast ab.«

In den kleinen Seitenstraßen ging es ruhiger zu. In vielen Fenstern waren Lichterketten und blinkende Sterne zu sehen. Am Ende einer Sackgasse befand sich die Bar von Bud Norris. Der bärtige Wirt war gerade dabei, eine wunderschön gewachsene Tanne vor seiner Gaststätte aufzustellen. Sein Sohn stand neben ihm. Die drei ??? kannten den älteren Jungen leider recht gut. Es war Skinny Norris. »He, ihr drei kleinen Schweinchen!«, rief er ihnen zu. »Was glotzt ihr denn so blöd?« Peter verzog sein Gesicht. »Der hat uns gerade noch gefehlt. Los, lasst uns lieber verschwinden.« Doch Bob machte in diesem Moment eine Entdeckung. »Seht ihr das, Kollegen?«, flüsterte er. »An dem Baum hängt doch ein kleiner Zettel, oder?« Justus nickte aufgeregt. »Stimmt. Und der sieht aus wie einer der Nummernzettel von Jack Benson, dem Förster aus den Magic Mountains. Vielleicht haben wir ja Glück und es ist die Nummer von dem geklauten Baum.« Bob hatte einen Plan gefasst. »Alles klar, Freunde. Ihr lenkt die beiden irgendwie ab, und ich versuche unauffällig, an den Zettel heranzukommen.«

Justus Jonas reagierte sofort und ging mit dem leicht verunsicherten Peter auf die beiden zu. »Guten Morgen«, rief er ihnen entgegen. »Mein Onkel sucht ein Restaurant, wo er seine diesjährige Weihnachtsfeier abhalten kann. Ist das hier möglich?«

Bud Norris kraulte sich den Bart und lachte dreckig. »Eine Weihnachtsfeier? Sieht das hier aus wie ein Restaurant? Bei mir gibt es einen langen Tresen, Aschenbecher und kaltes Bier.« Auch Skinny Norris fing jetzt an zu lachen. »Fragt doch mal im Kindergarten nach, ihr drei kleinen Schweinchen. Vielleicht bekommt ihr da einen weichen Keks und heiße Schokolade.«

Justus verkniff sich einen Kommentar und beobachtete, wie Bob unbemerkt die Tanne untersuchte. Als dieser seinen Daumen hob, zog Justus Peter zu sich. »Alles klar. Danke für die Auskunft. Und frohe Weihnachten!«

Wenig später standen die drei ??? wieder auf dem Marktplatz. »Und, Bob?«, fragte Peter neugierig. »Hast du die Nummer lesen können?«

»Ja. Aber leider haben wir Pech. Es scheint zwar ein Baum von Jack Benson zu sein. Aber es ist eine ganze andere Nummer als die von Onkel Titus. Hier, ich hab sie mir aufgeschrieben: Es ist die 68908. Der Fall scheint unlösbar zu sein.«

Wütend schnappte sich Justus Jonas den Notizblock von Bob. »Bei den drei ??? gibt es keine unlösbaren Fälle.« Dann begann er plötzlich zu grinsen. »Was hab ich euch gesagt? Wir lösen jeden Fall! Ratet mal, was ich entdeckt habe!«

Wenig später stattete Kommissar Reynolds dem bärtigen Wirt einen Besuch ab. Dieser wurde des Diebstahls der Tanne überführt und bekam anstelle von schönen Weihnachtsgeschenken eine saftige Anzeige.

Welcher Geistesblitz durchfuhr Justus?

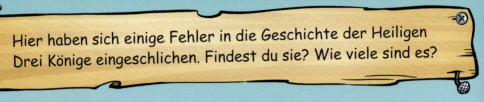

Hier haben sich einige Fehler in die Geschichte der Heiligen Drei Könige eingeschlichen. Findest du sie? Wie viele sind es?

Die Heiligen Drei Könige Caspar, Melchior und Balthasar kamen aus dem Morgenland, um dem neugeborenen Christuskind zu huldigen. Sie folgten einem Stern, den sie im Morgenland am Himmel gesehen hatten, bis nach Bethlehem, wo das Kindlein in einer Krippe im Stall lag. Dort waren auch seine Mutter Maria, sein Vater Josef und ein Ochse und ein Esel. Die Heiligen Drei Könige fielen nieder auf die Knie und beteten und schenkten dem Kind Gold, Weihrauch und Myrrhe.

Die Heiligen Drei Könige Caspar, Max und Balthasar kamen aus dem Abendland, um dem neugeborenen Christuskind zu huldigen. Sie folgten einem Flugzeug, das sie im Abendland am Himmel gesehen hatten, bis nach Bethlehem, wo das Kindlein in einem Bettchen im Hühnerstall lag. Dort waren auch seine Mutter Mathilda, sein Vater Titus und viele Hühner. Die Heiligen Zwei Könige fielen nieder auf die Knie und beteten und schenkten dem Kind Geld, Duftkerzen und Spielzeug.

Volltreffer! Die Schneebälle haben das untere Bild etwas verändert. Findest du die 10 Fehler?

Wer hat sich hier versteckt?
Finde es heraus, indem du die Zahlen verbindest.

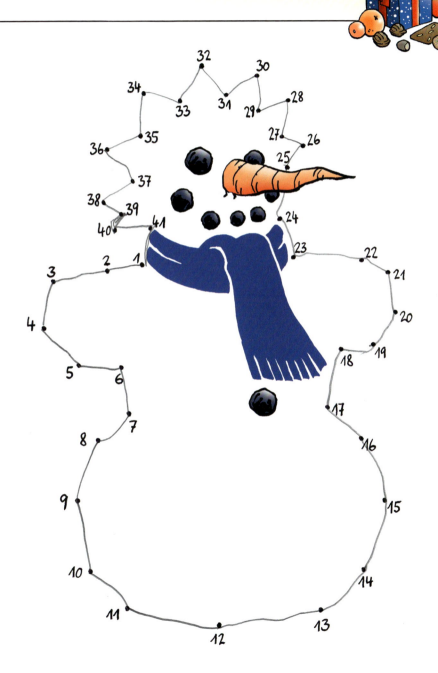

So ein Chaos! Am besten kopierst du die Seite und schneidest alle Teile aus, dann kannst du sie richtig anordnen. Viel Spaß beim Puzzeln!

Hier hat Peter einen Buchstabensalat angerichtet. Findest du die Weihnachtsbegriffe?

~~Christbaum~~ – Engel – Geschenke – Kerze – Krippe – Lied – Rentier – Schlitten – Schneeball – Stern – Stiefel – Weihnachtsmann

A	K	U	G	H	R	E	N	T	I	E	R	T	S	M	P
W	R	C	O	O	U	D	P	C	A	L	Z	U	E	S	R
W	E	I	H	N	A	C	H	T	S	M	A	N	N	C	T
O	N	P	S	R	T	R	I	E	O	Q	N	M	N	H	P
U	G	I	F	G	I	U	K	E	R	Z	E	S	G	L	T
K	E	R	Z	G	E	S	C	H	E	N	K	E	O	I	F
R	D	S	G	E	X	B	T	N	W	M	O	D	Z	T	W
I	G	S	C	H	N	E	E	B	A	L	L	M	O	T	N
P	B	T	M	K	H	G	I	R	A	T	A	I	C	E	S
P	A	E	B	V	C	L	E	T	E	U	Z	V	E	N	B
E	T	R	S	G	H	J	O	L	K	B	M	S	E	D	R
T	Z	N	U	I	G	K	C	H	S	T	I	E	F	E	L

Hier sind noch ein paar Puzzleteile übrig. Weißt du, wo sie hingehören? Dann schreibe die richtige Nummer in die weißen Puzzlefelder.

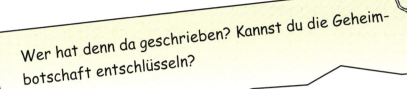

Wer hat denn da geschrieben? Kannst du die Geheimbotschaft entschlüsseln?

A : J	G : P	M : V	S : Ö	Y : E
B : K	H : Q	N : W	T : Ü	Z : F
C : L	I : R	O : X	U : A	Ä : G
D : M	J : S	P : Y	V : B	Ö : H
E : N	K : T	Q : Z	W : C	Ü : I
F : O	L : U	R : Ä	X : D	

Da sind die drei ??? Kids aber etwas durcheinandergeraten! Wie sieht das richtig aus? Kopiere diese Seite, schneide die Streifen aus und lege sie richtig aneinander.

Lecker, so ein Lebkuchenhaus. Aber auf dem unteren Bild stimmt was nicht. Findest du die 10 Fehler?

Welches Tier lief denn hier? Kannst du die Spuren im Schnee jeweils dem richtigen Tier zuordnen?

1

2

3

4

5

6

Wo Licht ist, gibt es auch Schatten. Aber nur ein Schatten passt jeweils auf die Gesichter von Justus, Peter und Bob. Findest du sie?

Wer gehört zu wem?

Kennt ihr euch gut aus bei den Märchen? Dann schafft ihr es bestimmt, die passenden Paare zu finden.

Wolf	Igel
Schneewittchen	Großmutter
Aschenputtel	Sieben Geißlein
Hänsel	Stiefmutter
Ali Baba	Königstochter
Hase	Böse Fee
Schneeweißchen	Sieben Zwerge
Rumpelstilzchen	Pechmarie
Goldmarie	Rosenrot
Dornröschen	Vierzig Räuber
Rotkäppchen	Gretel
Froschkönig	Müllerstochter

Weihnachten in Amerika

In Amerika sind zu Weihnachten manche Dinge anders. Hier erfährst du, wie Justus, Peter und Bob Weihnachten feiern.

- Der Weihnachtsmann heißt in Amerika *Santa Claus*.

- Die Kinder bekommen ihre Geschenke erst am Morgen des 25. Dezembers.

- Am Abend zuvor werden lange Socken vor dem Kamin aufgehängt, die Santa Claus dann mit Süßigkeiten füllt.

- Weihnachten wird oft X-mas genannt. Das X steht für den ersten Buchstaben von Jesus in der griechischen Schreibweise.

- Zu Weihnachten isst man gern Truthahnbraten, verschickt Weihnachtskarten und viele Kekse werden gebacken.

Hier fehlen noch ein paar Puzzleteile. Weißt du, wo sie hingehören? Dann schreibe die richtige Nummer in die weißen Puzzlefelder.

Mit dem Sunny-Cola-Truck stimmt was nicht. Findest du die zehn Fehler?

Alles klar zum Entern!

Die Piraten wollen Beute machen und Peter muss sich sofort als echter Pirat verkleiden. Doch in der Hektik kann man schnell das Falsche schnappen. Was sollte Peter besser nicht nehmen? Streiche es durch.

Bob hat sich verkleidet. Erkennst du, welche Märchen sich in seinem bunten Kostüm verbergen?

Vorsicht, explosiv!

Viel Zeit bleibt nicht mehr, um das Schiff zu retten. Bei einem der Pulverfässer sollte schnell die Lunte herausgezogen werden. Doch welches ist es?

Hier haben sich sieben Fehler eingeschlichen. Kannst du alle finden?

Justus hat sich ein kleines Rätsel ausgedacht.
Kannst du es lösen?

1.) Die drei ??? Kids sind ... ?
| D | e₄ | T | e | K | T | I | V₃ | E |

2.) Kennst du das traditionelle Weihnachtsessen in Amerika?
| T | R₉ | U | T | H | A | H | N |

3.) Wie heißt Bob mit Nachnamen?
| A | N | D₂ | R | E | W | S |

4.) Tante Mathilda backt Christmas Cookies. Wie sagt man in Deutschland dazu?
| P | L | Ä | t | Z₁₂ | C | H | E | N₅ |

5.) Womit schmückt Onkel Titus an Weihnachten das ganze Haus?
| L | | | | ₆ | | R | | ₈ | | | T | | |

6.) Welches Tier hat die längsten Ohren in einer Weihnachtskrippe?
| | ₇ | | L |

7.) Mit was kann man künstlich Schnee herstellen?
| | C | | ₁₁ | E | | | ₁₀ | | O | | |

Lösungswort:
| ₁ | ₂ | ₃ | ₄ | ₅ | ₆ | ₇ | ₈ | ₉ | ₁₀ | ₁₁ | ₁₂ |

Wie wird der Weihnachtsmann eigentlich in anderen Ländern genannt? Bob hat es für euch recherchiert.

 Frankreich: Père Noël

 Portugal: Pai Natal

 Holland: Sinterklaas

 Dänemark: Julemand

 Schweden: Jultomte

 Italien: Babbo Natale

 Norwegen: Julenissen

 Polen: Đwiđty Mikołaj

 Finnland: Joulupukki

 Spanien: Papá Noel

 USA: Santa Claus

 England: Father Christmas

 Russland: Ded Moros (Väterchen Frost)

 Türkei: Noel Baba

 Schweiz: Samichlaus

Auf dem unteren Bild haben sich zehn Fehler eingeschlichen. Findest du sie?

Der große Weihnachtsbaum auf dem Marktplatz sieht auf einmal ganz komisch aus. Findest du die zehn Dinge, die als Weihnachtsschmuck nicht so recht taugen?

Hier fehlen noch ein paar Puzzleteile. Weißt du, wo sie hingehören? Dann schreibe die richtige Nummer in die weißen Puzzlefelder.

Wie kommen Justus, Peter und Bob nur an ihre Nikolausschuhe? Kannst du ihnen den richtigen Weg zeigen?

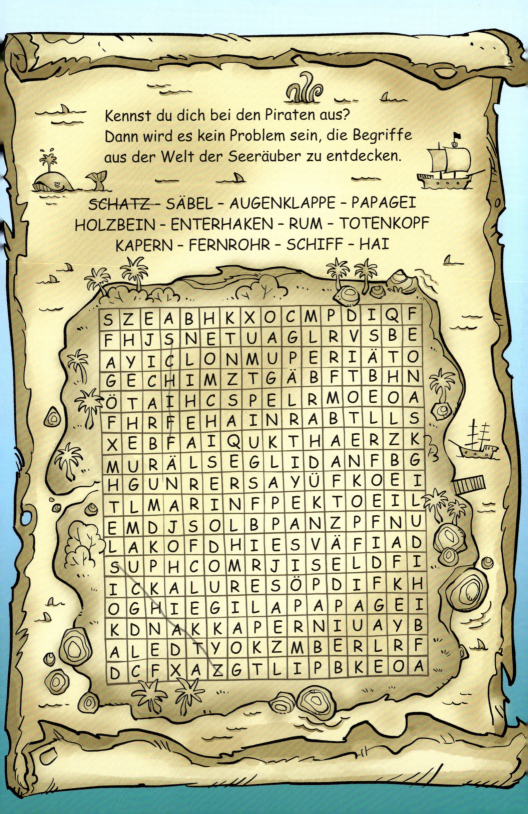

Ruck-Zuck-Bratapfel

So schnell habt ihr noch nie einen Bratapfel aus dem Ofen gezaubert. Hier ist Peters Blitz-Rezept:

Zubereitung:

Äpfel waschen und Kerngehäuse ausstechen. Pro Apfel 2-3 Dominosteine mit einer Gabel zerdrücken und ein wenig Zimt darüberstreuen. Die Masse in den Apfel füllen. Dann 20-30 Minuten bei 180 Grad im Ofen backen. Vorsicht! Heiß!

Zutaten:
Äpfel
Dominosteine
Zimt

Findest du die zehn Fehler im unteren Bild?

Kennst du dich mit der Geschichte der Heiligen Drei Könige gut aus? Dann wirst du sicher die Begriffe daraus in dem Gitter finden.

Wer hat sich denn hier unter der Nikolausmütze versteckt? Wenn du die Zahlen richtig verbindest, kannst du es herausfinden. Doch aufgepasst: Nur die Zahlen mit dem gleichen Buchstaben gehören zusammen.

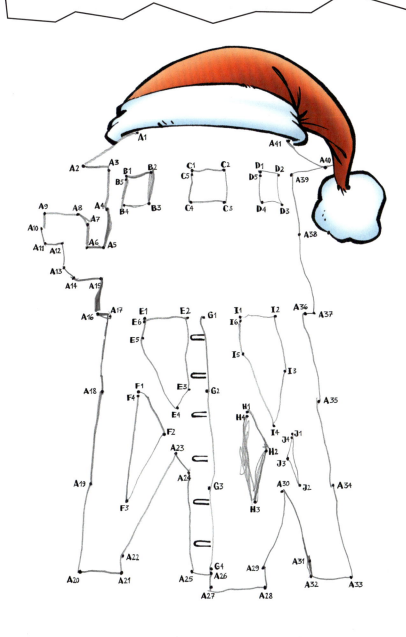

51

Geheimversteck!

Oft ist es nicht leicht, Weihnachtsgeschenke vor neugierigen Familienmitgliedern zu verstecken. Vielleicht hast du einen Schrank, den du abschließen kannst. Doch wohin mit dem Schlüssel? Dafür gibt es ein tolles Geheimversteck! Du nimmst einfach ein Buch, das niemand mehr lesen möchte, und schneidest in die Seiten kleine Fenster. Am besten geht dies mit einem Messer, aber sei vorsichtig, dass du dich nicht schneidest. Es klappt auch mit einer Schere. Wenn in viele Seiten so ein Fenster geschnitten wurde, entsteht im Buch ein kleines Fach. Hier kannst du nun den Schlüssel verstecken. Natürlich kannst du auch andere wichtige Dinge hineintun. Das Buch wird im Regal wie jedes andere aussehen und kein Mensch wird auf die Idee kommen, dass sich ein Geheimfach darin befindet.

Beim Morsen sendet man kurze und lange Lichtzeichen. Ein >A< ist zum Beispiel die Zeichenfolge: kurz, lang. Man lässt das Licht also einmal kurz und einmal lang aufblinken. >Kurz, lang< kann man auch so aufschreiben: · —

A · —	H · · · ·	O — — —	V · · · —
B — · · ·	I · ·	P · — — ·	W · — —
C — · — ·	J · — — —	Q — — · —	X — · · —
D — · ·	K — · —	R · — ·	Y — · — —
E ·	L · — · ·	S · · ·	Z — — · ·
F · · — ·	M — —	T —	
G — — ·	N — ·	U · · —	

Lösungen

Seite 9

Der Zettel stand auf dem Kopf. Aus der 80689 wurde die 68908. Skinny Norris und sein Vater waren die Tannenbaumdiebe.

Seite 10

13 Fehler: Max, Abendland, Flugzeug, Abendland, Bettchen, Hühnerstall, Mathilda, Titus, Hühner, Zwei, Geld, Duftkerzen, Spielzeug

Seite 11

Seite 12

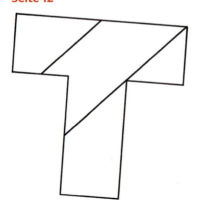

Seite 13

Peters Schneemann trägt einen blauen Schal

Seite 14

Seite 15

Seite 16

Seite 17

Weg Nr. 3

Seite 18

Schneemann Nr. 5

Seite 19

Die drei Fragezeichen wünschen frohe Weihnachten!
Und viel Spaß beim Lösen unserer Fälle! Justus, Peter und Bob

Seite 20

Seite 21

Seite 22

Seite 23

1. Eichhörnchen 2. Fuchs 3. Kaninchen 4. Hirsch 5. Maus 6. Vogel

Seite 24

Justus: Schatten 2 **Peter:** Schatten 7 **Bob:** Schatten 4

Seite 25

Wolf + Sieben Geißlein
Schneewittchen + Sieben Zwerge
Aschenputtel + Stiefmutter
Hänsel + Gretel
Ali Baba + Vierzig Räuber
Hase + Igel

Schneeweißchen + Rosenrot
Rumpelstilzchen + Müllerstochter
Dornröschen + Böse Fee
Rotkäppchen + Großmutter
Froschkönig + Königstochter

Seite 26

A — 5   B — 2
C — 3   D — 1
E — 8   F — 4
G — 7   H — 6

Seite 27

Lösungswort: Kaffeekanne

Seite 29

Seite 30

Seite 31

Seite 32

Verkleidung für einen echten Piraten:

Seite 33

- Schneewittchen
- Froschkönig
- Das tapfere Schneiderlein
- Rotkäppchen
- Der gestiefelte Kater
- Aschenputtel

Seite 34

Justus — 3
Reynolds — 6
Peter — 8
Tante Mathilda — 1
Skinny — 5
Bob — 2
Fred Fireman — 4
Onkel Titus — 7

Seite 35

Das mittlere Pulverfass ist hochexplosiv

Seite 36

Nr. 6 ist richtig

Seite 37

Seite 38

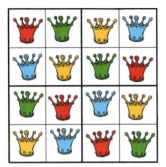

Seite 39

1. Detektive 2. Truthahn
3. Andrews 4. Plätzchen
5. Lichterketten 6. Esel
7. Schneekanone
Lösungswort: Adventskranz

Seite 41

Seite 42

Gabel, Stacheldraht, Telefon, Taschenlampe, Schuh, Hammer, Kassette, Flasche, Bügeleisen, Säge

Seite 43

Seite 44

Weg Nr. 1

Seite 45

Seite 48

Seite 49

Weg c

Seite 50

A	G	E	S	R	E	I	O	J	G	S	J	S	U	F	A	G	L	E	H	E
I	S	U	M	K	L	E	H	L	E	H	K	M	W	M	S	U	F	A	G	Ü
U	K	S	T	E	R	N	I	B	I	H	G	I	E	Y	E	J	A	R	N	G
C	O	T	C	S	S	K	E	S	R	E	W	E	I	H	N	A	C	H	T	M
B	C	K	Q	F	E	B	U	M	K	L	M	B	S	J	G	E	Z	R	C	F
E	I	H	E	I	L	I	G	E	N	S	E	I	E	M	A	U	L	S	U	F
S	H	Ü	B	U	M	K	L	E	O	J	S	U	N	L	F	I	R	B	E	T
I	Z	E	G	I	B	X	D	A	C	M	B	E	J	H	I	S	B	G	M	E
A	R	M	O	R	G	E	N	L	A	N	D	G	M	E	I	F	A	N	I	G
S	M	E	L	G	I	A	U	L	S	K	Ö	N	C	E	S	E	L	L	F	O
E	E	M	D	M	O	R	C	H	P	L	Ä	F	B	U	M	T	T	H	I	K
T	L	E	S	R	C	F	B	S	A	R	A	U	E	I	B	I	H	S	X	L
P	C	U	M	K	H	S	E	I	R	E	M	O	S	S	S	U	A	I	H	R
G	H	O	J	G	S	J	S	U	F	A	G	Ü	B	A	M	C	S	I	H	R
A	I	I	M	A	E	M	B	E	T	H	L	E	H	E	M	B	A	U	E	E
F	O	U	L	F	O	J	G	M	E	I	B	I	H	R	Y	E	R	G	Ü	B
M	R	C	H	I	K	Ö	N	I	G	E	S	R	E	I	R	S	F	K	S	U
O	T	B	S	X	L	Ä	F	K	S	U	M	K	L	E	R	I	S	P	W	N
G	W	E	I	H	R	A	U	C	H	I	B	X	D	A	H	O	J	G	M	E
O	D	S	U	E	E	M	O	T	C	S	S	L	D	R	E	I	M	A	R	V
M	F	A	G	Ü	B	A	C	K	Q	F	E	M	Y	S	N	U	L	F	X	I

Seite 51

Die Kaffeekanne, das Geheimversteck der drei ??? Kids.

Seite 53

WIR WUENSCHEN DIR EINE SCHOENE ADVENTSZEIT

Ein ganz besonderer Adventskalender

Öffne die verschlossenen Seiten des Adventskalenders und löse mit Justus, Peter und Bob einen Fall in 24 Tagen!

ca. 13,00 € [D] , 208 Seiten
ISBN 978-3-440-17740-2
Preisänderung vorbehalten

Die Elfen sind los! Endlich Weihnachten und der Marktplatz in Rocky Beach verwandelt sich in eine Geschenke-Werkstatt mit Weihnachtselfen. Doch plötzlich geht alles schief und die drei ??? Kids begeben sich auf eine spannende Spurensuche.

Krimi, Rätsel und Bastelspaß in 24 verschlossenen Kapiteln.

kosmos.de/diedreifragezeichenkids

Illustrationen: Jan Saße, Horgenzell, Kim Schmidt, Dollerup
Umschlaggestaltung: Walter Typografie & Grafik GmbH, Würzburg
Innenlayout: DOPPELPUNKT, Stuttgart

Unser gesamtes lieferbares Programm und viele weitere Informationen zu unseren Büchern, Spielen, Experimentierkästen, DVDs, Autoren und Aktivitäten findest du unter **kosmos.de**

Gedruckt auf chlorfrei gebleichtem Papier

© 2018, Franckh-Kosmos Verlags-GmbH & Co. KG, Stuttgart
Alle Rechte vorbehalten.
ISBN 978-3-440-16019-0
Redaktion: Susanne Stegbauer
Produktion: Verena Schmynec
Satz: DOPPELPUNKT, Stuttgart
Druck und Bindung: Grafisches Centrum Cuno, Calbe
Printed in Germany / Imprimé en Allemagne